Sarah Knausenberger & Kerstin Marie Backes

NIE WIEDER FRÜHLING

KUNSTANSTIFTER

Grandma wird immer weniger.
Ich sehe es an ihren Wangen, da bilden sich Täler.
Heute warte ich lange, lange. Da öffnet sie ein Auge
und ihr Lächeln kommt zurück. Es hängt schief an
ihrem Mundwinkel. Aber es ist ihr Lächeln.
„Ben, mein Junge“, sagt sie heiser,
„zieh die Gardinen auf und gieß mir die Tomaten.“
Ich fülle die Gießkanne mit dem langen Schnabel,
lasse das Wasser in einem dünnen Strahl auf die
Erde in den Blumenkästen fließen.
„Wie sehen sie aus?“, fragt sie.
„Gut“, sage ich. „Da kommen Blätter.“
„Lass mal sehen.“
Grandma schiebt ein Bein über die Bettkante.
„Bleib doch!“, rufe ich.
Nicht, dass sie wieder stolpert wie kurz vor
Weihnachten. Einen halben Tag lang hat sie
mit gebrochener Hüfte im Gewächshaus gelegen.
Aber Grandma streckt die Hand aus.
„Hilf mir hoch, Honey. Komm schon.“
Ich ziehe sie hoch. Grandma wankt zum Fenster.
Und dann steht sie vor ihren Pflänzchen, murmelt
etwas, zerkrümelt die Erde, glättet sie. Ich lege
mich flach auf den Teppich und angle unter ihrem
Bett nach den Keksen. Als Grandma wieder im Bett
liegt, grunzt sie zufrieden.
„Das ist wie mit Kindern, weißt du“, sagt sie.
„Die haben es auch gern, wenn man sie abends zudeckt.“

Sie nickt wieder ein. Ich schleiche raus und ziehe die Tür leise hinter mir zu. Bleibe unschlüssig stehen.
Seit Grandma so viel im Bett liegt, kommt mir der Rest der Welt blass und kalt vor. Noch im Herbst haben wir lange Spaziergänge gemacht. Wir haben Blätter gesammelt und sie nach Farben angeordnet. Sie hat mir gezeigt, wie man aus Stöcken Pfeil und Bogen macht, und dann haben wir Wettschießen im Garten gemacht. Wer es als Erster schafft, einen Pfeil aufs Hausdach zu schießen. Rachel von nebenan hat vom Fenster aus zugesehen. Grandma gewann, und ich war stolz darauf.
Niemand anders auf der Welt, da bin ich mir sicher, hat eine Großmutter, die auf einer Ranch in Dakota aufgewachsen ist, Cowboystiefel trägt und Pfeile auf Dächer schießt. Ich setze mich aufs Treppengeländer und lasse mich ohne ein Geräusch hinuntergleiten.

Vor der Küchentür bleibe ich stehen.

„Das sind die Russen", höre ich Onkel Bob drinnen laut rufen. „Die sprühen Herbizide, schaut euch mal die Suppe am Himmel an!"
„Blödsinn", sagt Dad. „Es ist ein Resultat der Klimaveränderung, die Washington Post hat gerade ..."
„Pah. Washington Post!", schnaubt Onkel Bob.
„Übrigens ist es Pflicht, sich beim Gesundheitsamt zu melden, sobald man Anzeichen auf dem eigenen Grundstück findet. Habt ihr das schon gemacht?
Man bekommt dann umsonst Antidepressiva ..."
„Aber was sollen wir tun?", kreischt Mom.
„Es ist Ende Mai. Was, wenn es nie wieder Frühling wird?"
Ich drücke die Klinke runter.
Das Gespräch bricht ab. Ich setze mich neben Mom, die zusammengesunken am Tisch sitzt, und gucke aus dem Fenster. Der Himmel ist grau, die Fliederzweige kahl, das Gras schmierig und gelb. Nach Frühling sieht es wirklich nicht aus. Aber vielleicht ist er ja einfach verspätet. Ich nehme mir einen Toast aus dem Brotkorb, kratze Butter darauf und bin froh, dass ich kauen muss, weil ich nicht weiß, was ich sagen soll.

Irgendwann räuspert sich Onkel Bob.
„Warum ich eigentlich gekommen bin“, sagt er.
„Ich habe ein Heim für Mutter gefunden. Sie
haben noch einen freien Platz. Shady Acres
bei Pittsburgh.“
„Nein!“, schreie ich auf.
Ohne Frühling kann ich leben, auch damit,
dass niemand mehr mit mir redet und Mama
immer komischer wird.
Aber nicht ohne Grandma. Sie ist die Einzige,
die noch lächelt, die Einzige, die noch normal
mit mir spricht.
Ich lasse mein Essen stehen und flüchte.

„Shady Acres?“, Grandma lacht laut auf.
„Was für ein Name. Sie sollten ehrlich sein
und es At Heaven’s Gate nennen, oder was meinst du?“
„Ja“, sage ich. „Oder Rusty Years?“
„Oh, das ist gut, Honey. Rusty Years. So gut.“
Sie wird ernst. „Mach dir keine Sorgen. Egal
wie es heißt, da kriegt mich niemand rein.
Ich bin fünfundachtzig, aber gegen meinen
Willen hat mich noch niemand zu etwas gebracht.“
Sie taucht ihren Oreo Cookie in die Milch,
bis kleine Bläschen aufsteigen.

hady Acres

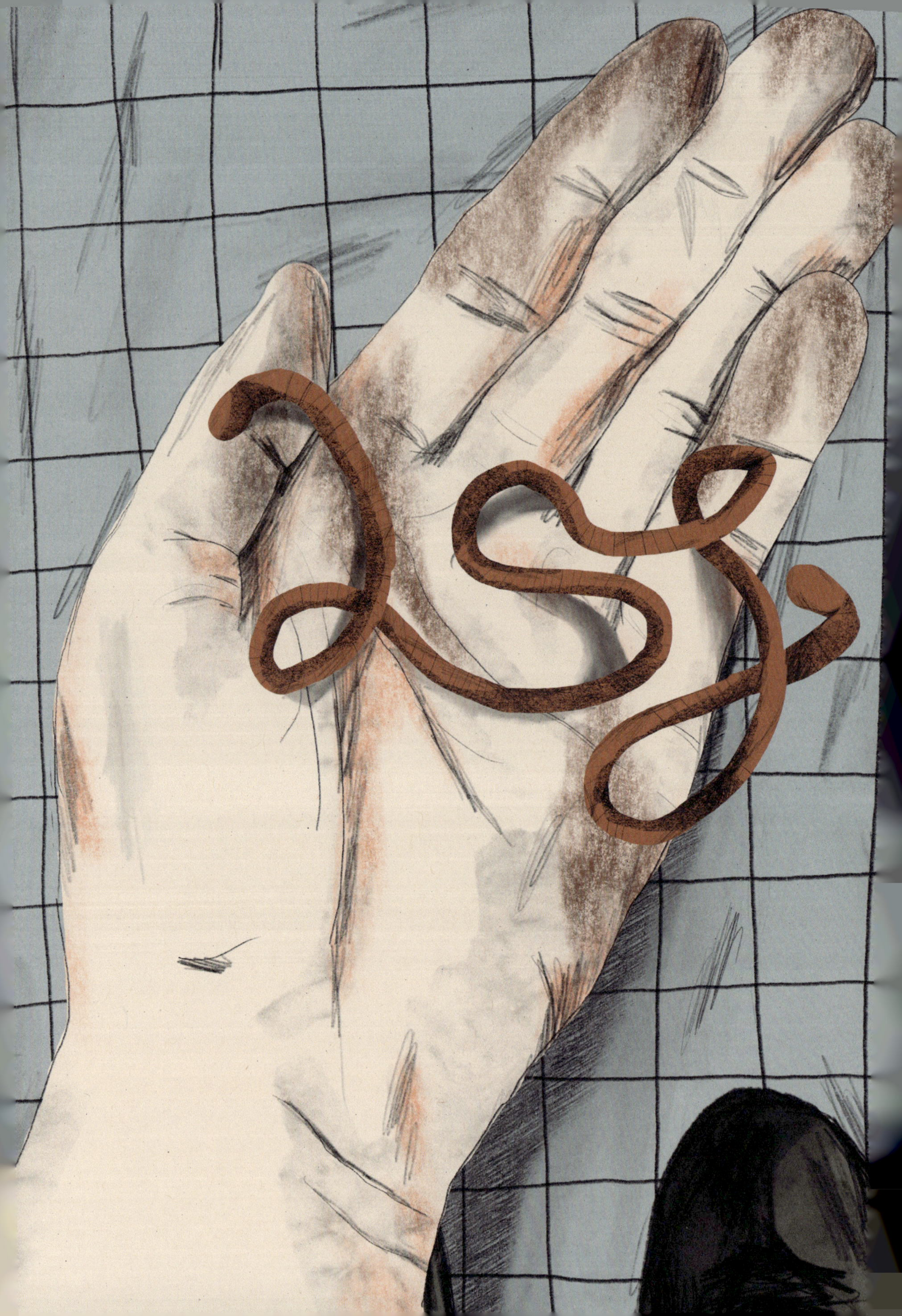

Ich stehe im Garten. Ziehe tief die Luft ein.
Es riecht nach – nichts.
Weder nach Frühling noch nach Schnee.
Nebenan trippelt Rachel auf ihrer Einfahrt hin und her. Ich winke ihr zu.
Sie macht eine hastige Bewegung mit der Hand, dann dreht sie sich weg. Wir haben noch nie miteinander geredet. Aber ich mag sie, seit ich das mit dem Regenwurm beobachtet habe. Sie hat auf dem feinen Rasen ihrer Eltern gekniet (das war letztes Jahr, als er noch grün war) und ein Loch für einen Regenwurm gegraben. Hielt ihn in ihrer hohlen Hand. Da kam ihre Mutter schreiend, wirklich schreiend, herausgerannt, klopfte mit ihren pink lackierten Fingern Rachels Kleid ab und schleifte sie am Arm ins Haus.
Wie ein Kleinkind.
Dabei ist sie in der vierten Klasse, eine unter mir.

Ich ziehe die quietschende Tür von Grandmas Gewächshaus auf. Ein wunderbar modriger Geruch schlägt mir entgegen.
Auf allen möglichen Tischen und Bänken sind Töpfe aufgestellt. Ich fülle sie mit Erde aus dem großen Sack. Seit ich denken kann, hat Grandma hier drin herumgewerkelt und aus winzigen Samen leuchtende Tomaten, Paprika und Zucchini hervorgezaubert.
Jetzt steh ich alleine hier. Ich soll die Töpfe für die Tomatensetzlinge bereit machen.
„Bist du sicher, dass es klappen wird?“, hab ich Grandma gefragt. „In unserem Garten gibt es doch jetzt auch schon Anzeichen ...“
Sie hat verächtlich geschnaubt. „Sei so gut und kümmere dich um die wesentlichen Dinge“, hat sie gesagt.

Dad bringt mich zur Schule.
Ich sitze auf dem Beifahrersitz und kralle mich am Türgriff fest. Warte darauf, dass er aufs Gas drückt und es meinen Kopf nach hinten reißt. Das erste Mal hab ich mir vor Schreck in die Hose gemacht.
Dad hat sofort am Straßenrand gehalten und fluchend mit Papiertaschentüchern herumgewischt. Seitdem muss ich immer auf einem Handtuch sitzen. Aber heute fährt Dad anders.
Er drängelt nicht, überholt nicht, flucht nicht.
Er fährt ganz normal. Um mich zu schonen.
Und ich weiß auch, warum.
Weil sie beschlossen hat, zu sterben.
Dad stellt das Radio lauter, weil die Nachrichten kommen. Die Worte prallen an mir ab wie kleine, harte Bälle. Globales ökologisches Desaster ... Sterile Zonen jetzt auch in Thailand ... Suizidrate auf nie gekanntem Hoch ...
Dad kaut auf seinem Kaugummi herum.
Ich denke an Grandma, die zu Hause im Bett liegt und stirbt.

„Benjamin Godshall!“, kreischt Fräulein Workman. „Was, um Gottes Willen, ist mit deinen Fingern passiert?“
Meine Finger sind schwarz.
Ich muss vergessen haben, sie zu waschen, nachdem ich im Gewächshaus war. Früher hat Mom immer an der Türe gestanden und mich durchgecheckt, bevor ich gegangen bin. Aber in letzter Zeit liegt sie nur noch in ihrem Zimmer herum.
„Bleib, wie du bist. Bleib genau so … “
Miss Workman nähert sich mit einer Sprühflasche und sprüht mir irgendein stinkendes Zeug auf die Finger, während sie ihren Hintern noch mehr herausstreckt als sonst.
„Und jetzt“, sagt sie mit hochgezogenen Augenbrauen, „ab zu den Toiletten mit dir.“

Ich drehe das Wasser voll auf, lasse es laufen
und laufen. In unserer Familie ist noch nie jemand
freiwillig gestorben. Opa wurde damals von einem
Bullen aufgespießt, ihn habe ich nie kennengelernt.
Und meine Großonkel und Großtanten liegen ver-
kabelt in diesen Heimen mit den schönen Namen.
Aber Grandma hat es zusammen mit ihrem Arzt ge-
schafft, dass sie zu Hause bleiben darf.
„Dieses Zimmer führt direkt in den Himmel“,
hat sie zu ihm gesagt. „Warum soll ich Umwege machen?“
Er hat genickt und als Papa reinkam immer wieder das
Zauberwort Transportunfähigkeit benutzt.
Es hat gewirkt. Niemand hat mehr von Shady Acres
gesprochen.

Nachmittags, als ich auf ihrem lila Plüschteppich liege und Hausaufgaben mache, klopft es und ein Herr im Anzug kommt herein. Grandma öffnet nur kurz die Augen, dann schließt sie sie wieder.

„Guten Abend Ma'am, mein Name ist Dave vom Cryonics Institute, Ihre Söhne haben mich beauftragt ..."
„Bitte gehen Sie."
„Ma'am, es geht um eine konservierende Maßnahme. Sie müssen wissen, dass die zunehmende Unfruchtbarkeit amerikanischer Frauen unseren Wissenschaftlern große Sorgen bereitet. Wie man an Ihrer wunderbaren Familie sehen kann, sind Ihre – äh – Gene davon noch nicht be ..."
„Raus."
„Denken Sie an Ihren Enkel hier! Er wird es Ihnen danken. Die Medizin wird bald so weit sein, eingefrorene Zellen wiederbeleben zu können. Dann kann Ihre geliebte Familie von Ihrem phantastischen Erbgut profitieren. Möglicherweise kann Ihr ganzer – äh – Körper wieder funktionstüchtig gemacht werden! Es dauert nur eine Sekunde, Ma'am ..."
Der Mann streckt ihr ein Formular mit Stift entgegen.
„Raus oder ich rufe die Polizei!"
Grandma schießt im Bett hoch und zeigt mit ihrem dürren Arm auf die Tür, und da hat der Herr es eilig.

Cryonics

Erschöpft sinkt sie in die Kissen zurück.
„Nicht mal mehr in Ruhe sterben kann man“, schimpft sie. Ich zucke zusammen.
Sie versucht zu lächeln.
„Mach nicht so ein Gesicht, Honey. Gott wird einsam da oben im Himmel, wenn niemand mehr zu ihm kommt. Das musst du auch bedenken.“
Sie isst keine Oreos mehr und trinkt immer weniger. Geh weg, Satan! schreit sie manchmal und fuchtelt mit den Armen, und ich bekomme Angst, dass sie verrückt wird.

Was sie beruhigt, ist, wenn ich ihr aus der Bibel vorlese. Sie mag das Kapitel mit den Psalmen und murmelt an manchen Stellen mit. Meine Eltern lassen sich nicht mehr blicken.

„Sie haben Angst“, sagt Grandma. „Aber du, Honey, du bist mein mutiger Junge. Du hast ein großes, starkes Herz.“ Wenn das die Jungs aus meiner Klasse hören würden. Für die bin ich ein Feigling. Weil ich vor Bällen so Angst habe. Nur im Sprinten, da bin ich gut.

„Hab ich dir je die Geschichte von dem Fuchs erzählt?“, fragt mich Grandma dann.
Plötzlich ist sie ganz wach.
„Von dem Welpen, den du mal gefunden hast?“
„Ja. Wir waren gerade auf die Ranch gezogen, dein Grandpa und ich. Der Kleine saß eines Tages am Straßenrand neben seiner toten Mutter. Sie war überfahren worden. Wir fanden seinen Bau und versorgten ihn jeden Tag mit Futter. Milch, Hackfleisch, alles Mögliche.
Aber er fraß nicht.
Er wäre wirklich fast gestorben.
Also hab ich ihn eingefangen und mit nach Hause genommen. Ich habe zu ihm gesprochen und mich um ihn – nun, gekümmert. Da hat er angefangen zu fressen.

Und was für ein Prachtkerl er war, als wir ihn nach sechs Monaten laufen ließen.

So ist das mit allen Wesen aus Gottes Schöpfung.
Alle brauchen sie Liebe. Auch Tomatenbabys.
Lach nicht, ich meine es ernst."
Grandma atmet schwer. „Wenn ich gestorben bin",
sagt sie, „kümmere dich um die Tomaten."
„Aber ... wie?"
„Jesus, das spielt doch keine Rolle. Erzähl ihnen
von deinem Tag. Deck sie schön zu. Meinetwegen
kannst du ihnen Musik vorspielen.
Egal. Zeig ihnen einfach, dass du an sie glaubst."
Sie schaut mir streng in die Augen.
„Es geht um alles, Ben", sagt sie.
„Um unsere ganze Erde."
„Ja", sage ich.
„Aber zu meinem Grab, Honey", sagt sie, „da musst
du nicht ständig hinrennen. Mich musst du in deinem
Herzen suchen."
Ich nicke und kann meine Tränen nicht mehr aufhalten.
Grandma hält mich mit ihren knochigen Armen, und ich
lege meine Wange an ihre Wange.
Wie zart und weich ihre Haut geworden ist.
Wie Babyhaut.

Neben dem Gewächshaus steht jemand, ich sehe es
von Weitem. Meine Eltern waren doch noch nie da drin.
Jetzt erkenne ich Rachel an ihren roten Haaren.
„Ich habe von deiner Grandma gehört“, sagt sie,
während ich noch den Gartenweg entlanglaufe.
„Und ich wollte nur sagen, wenn du mal Hilfe brauchst …“
Ich bin jetzt bei ihr angekommen.
Sie scharrt mit der Schuhspitze im Boden herum.
„Dann bin ich da.“ Sie dreht sich um und rennt weg.
„Danke“, rufe ich ihr hinterher. Unser erstes Gespräch.
Ich wusste gar nicht, dass sie Sommersprossen hat.

Am nächsten Morgen wache ich von Männerstimmen auf.
„... Toll, dass Sie sich so schnell gemeldet haben. Hervorragend! So können wir die Gefäßschäden bei Ihrer Mutter auf ein Minimum begrenzen. Sie hatten sich für die reine Konservierung des Kopfes entschieden?“
Das ist doch der Herr, den Grandma rausgeschmissen hatte! Sie kommen, um ihr das Blut aus den Adern zu ziehen und durch Chemie zu ersetzen.
Um sie einzufrieren und in einen großen Kessel zu stecken. Grandma hat mir erklärt, was diese Leute machen.
„Aber nicht mit mir“, hat sie gesagt.
„Ja ... äh, das heißt, können Sie nicht doch den ganzen Körper ...“, höre ich Dad sagen.
„Selbstverständlich. Die Abtrennung erfolgt erst in unserem Institut. Es geht um die Kühlung ... “
„Ja. Natürlich. Wann werden Sie sie mitnehmen?“
„Meine Kollegen müssen gleich hier sein.“

Ich renne die Treppe hoch und stürze in Grandmas Zimmer. Da liegt sie. Ihre Wangenknochen stechen hervor, ihre Augen sind geschlossen und liegen tief in den Höhlen. Fast nichts ist mehr übrig von ihr. Nur noch ihr Lächeln. Es schwebt über ihrem Gesicht wie ein Schmetterling aus Licht.

„Grandma“, flüstere ich.
Sie antwortet nicht. Da ist er, der Moment, vor dem ich mich immer gefürchtet habe. Der Boden scheint zu schwanken, meine Beine knicken unter mir weg.
Unten höre ich lautes Gepolter.
„Grandma, sie wollen dich mitnehmen!“

Unter ihrer Hand liegt ein Stück Papier. Ich versuche, ihren Arm zu heben und zucke zurück. Er fühlt sich steif an. Ich ziehe das Papier vorsichtig, Stück für Stück, unter ihrer Hand hervor. Es reißt ein, aber nur ein bisschen. Endlich habe ich es und falte es zitternd auseinander:
Ich möchte auf dem Grünen Friedhof in Virginia begraben werden.
Hochachtungsvoll – Madeleine Godshall

„Okay Grandma“, sage ich und recke mich ein bisschen, „ich regle das für dich. Mach dir keine Sorgen.“
Ich küsse sie.

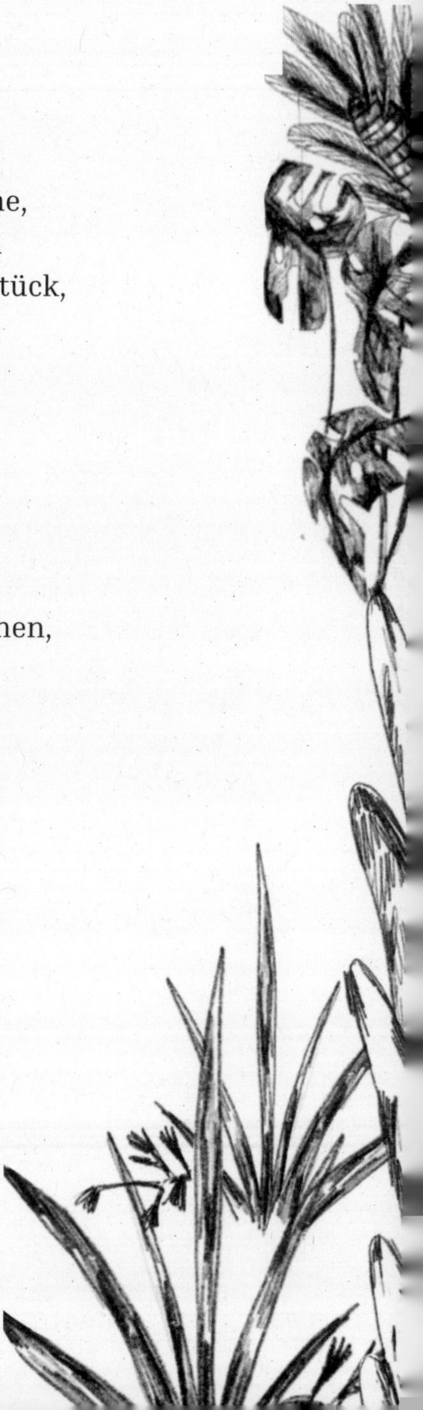

Dann schlüpfe ich in ihre Cowboystiefel und renne hinunter. Da stehen sie mit einer riesigen Kühltruhe mitten auf der Treppe und wollen hinauf. Ich stelle mich vor sie hin.
„Das hier“, sage ich und halte das Papier hoch wie einen Schild, „ist Grandmas letzter Wille.
Den müssen Sie beachten, sonst rufe ich die Polizei.“
Die Kerle schauen zu mir hoch. Ich sehe auch Dad, er steht unten. Klammert sich an den Geländersprossen fest wie an Gitterstäben.
„Tut mir leid, mein Freund“, sagt einer der Männer, „aber das hier muss schnell gehen. Sonst wird der Körper deiner Granny dauerhaften Schaden nehmen, und das willst du doch nicht.“
Ich hole tief Luft.
„Das ist schon okay“, sage ich.
„Meine Grandma ist jetzt im Himmel.“
Da dreht der Mann sich um, und ich höre, wie er zu Dad sagt:
„Mr. Godshall – ich glaube, wir haben ein Problem …“

Am nächsten Morgen öffne ich meine Zimmertür
und strecke die Nase in den Flur. Nichts.
Kein Geruch von Ei und Speck, kein Oatmeal, nicht
mal Kaffee. Ich tappe in die Küche. Sie ist leer.
Ich finde ein paar Cornflakes, nur Milch nicht.
Ich esse sie trocken und starre aus dem Fenster.
Da sehe ich Mom. Sie läuft in Hausschuhen durch
den Garten. Sie befingert die kahlen Sträucher
und die Zweige der Apfelbäume. Dann kniet sie
sich ins Blumenbeet und fängt an zu scharren wie
ein Hund. Die Erde spritzt auf unseren Gartenweg,
den Dad immer sauber haben will.
Ich räume die Schüssel weg und ziehe mich an.
In zehn Minuten kommt mein Schulbus.
Draußen kommt Mom mir entgegen. Ihr Gesicht ist
verschmiert, ihre Haare sind zerzaust und ihre Augen
so komisch.
„Tschüss“, sage ich. „Sagst du Dad, dass ich in der
Schule bin? Ich möchte nicht mit zur Beerdigung.“
Sie antwortet nicht.

Dann stehe ich an der Straße und warte auf den Bus. Ich warte zwanzig Minuten, dreißig. Kalt ist es. Ich puste Wölkchen in die Zweige des großen Ahorns über mir. Er ist immer noch kahl. Seine Knospen sind winzig klein, seit Monaten schon. Ich dreh mich nach unserem Haus um, es sieht unbewohnt aus. Gucke die Lancaster Avenue hinauf, auf der sich nichts rührt. Und plötzlich weiß ich: Der Bus wird nicht kommen; Mom wird vergessen, dass sie ein Kind hat, und es wird nie wieder Frühling werden.

Erst halte ich den Fuchs für einen Schatten. Er flitzt geduckt über die Straße, dann streunt er die Büsche entlang, schnüffelt an der Garage und schleicht bis ans Haus. Jetzt ist er an unserer Haustür. Und dann, als hätte er eine geheime Mission, jagt er in die Richtung des kahlen Waldes, nur wenige Meter an mir vorbei. Ich hinterher. Er ist schnell. Aber ich auch. In der Schule habe ich mal den Sprinting Contest gewonnen. Ich springe über Baumstämme, schlage Zweige und Dornen aus dem Weg, Kratzer spüre ich nicht. Der Fuchs will mich abhängen, aber ich bleibe dran. Immer weiter, immer tiefer rennen wir in den Wald hinein.

Als wir an einen Bach kommen, beißt der Fuchs durstig ins Wasser. Er hechelt. Ich keuche. Vor uns seh ich eine Lichtung. Mann, ist das schön hier. Und plötzlich weiß ich auch, warum. Farben! Endlich wieder. Grüne Blätter. Und Blumen. Azaleen, Goldenrod, Löwenzahn ...
Grandma kannte sie alle, manchmal hat sie mich abgefragt. Ich ziehe den süßen Duft ein, werfe mich hin und rolle lachend über die Wiese, bis ich gegen etwas Hartes stoße. Es ist ein Baum, ein riesiger Kirschbaum. Seine Zweige ragen in den Himmel, seine Blüten glitzern im Licht, seine Blätter rauschen im Wind wie ein Wasserfall.

Auf der anderen Seite des Stammes nehme ich eine Bewegung wahr. Zwei Stiefelspitzen wackeln in der Sonne. Kann es sein, dass Grandma …?
Ich stehe auf, gehe langsam, mit klopfendem Herzen, um den Baum herum. Sie ist es. Lacht mich an, als hätte sie mich erwartet.
„Hör mal", sagt sie. Sie hat einen Grashalm zwischen die Daumen geklemmt und bläst darauf. Der Ton ist perfekt, wie der Schrei eines Adlers. Niemand kann das so gut wie sie. Irgendwo antwortet ein Vogel.
Ich lasse mich neben sie fallen und schnappe mir auch einen Halm. Minuten oder Jahre vergehen.
Irgendwann sitzen wir schweigend nebeneinander.
Ich bin so froh, so froh. Ich schließe die Augen, und als ich sie öffne, bin ich wieder allein.

Vom Fuchs keine Spur. Ziellos laufe ich weiter.
Ich gelange an eine Straße, die durch die kahle
Landschaft führt und folge ihr.
Ich höre den Lucid nicht. Aber es wundert mich
auch nicht, als er plötzlich neben mir hält.
Auf dem Beifahrersitz sehe ich Mom, mit ge-
schlossenen Augen. Ich schlüpfe zu Rachel
auf die Rückbank. Dad gibt Gas. Rachel wendet
sich mir zu. Ihre Augen weiten sich.
Etwas an mir scheint sie zu faszinieren.

Sie streckt die Hand aus – und fischt ein Kirschblütenblatt aus meinem Haar. Ich streiche mir über den Kopf, und da fallen noch mehr herunter, sie verteilen sich auf den Ledersitzen, auf meiner Hose und auf Rachels schwarzem Kleid.

Sarah Knausenberger

wurde 1980 in Hameln geboren und wuchs am Bodensee auf. Nach dem Abitur bereiste sie Westafrika und arbeitete an einer ghanaischen Schule. Sie studierte Theologie in Stuttgart, Creative Writing an der Universität von Südafrika und lebte einige Jahre in den USA. Seit 2014 wohnt sie mit ihrer Familie in Hamburg und arbeitet als freie Autorin. Sie hat zwei Romane sowie Kurzgeschichten und Lyrik veröffentlicht. „Nie wieder Frühling" ist ihr drittes Projekt mit kunstanstifter.
www.sarah-knausenberger.de

Kerstin Marie Backes

wurde 1989 in Kaiserslautern geboren. Nach dem Abitur lebte sie ein halbes Jahr in Amerika. Zurück in Deutschland studierte sie in Heidelberg Kunst auf Lehramt. Nach dem Studium zog sie nach Mannheim. Dort lebt sie mit ihrer Familie. Neben Illustrationen und Collagen für diverse musikalische Projekte, illustrierte sie bereits für Theater- & Literaturmagazine und gestaltete Karten und Schaufenster. Zusätzlich zu ihren künstlerischen Tätigkeiten im Bereich Illustration und Collage, arbeitet sie als Lehrerin und Kunstpädagogin.

Uns liegt ein nachhaltiger Umgang mit dem Medium Buch am Herzen: Wir lassen unsere Bücher möglichst klimaausgleichend und mit mineralölfreien Farben in Deutschland drucken und binden. Außerdem unterstützen wir Naturschutzprojekte und verzichten seit einigen Jahren auf das Folieren der Bücher.

Impressum

Preisträger Deutscher Verlagspreis
Sonderpreis Nachhaltigkeit 2024

kunstanstifter GmbH & Co. KG
Werderstraße 31
68165 Mannheim
info@kunstanstifter.de

Text: Sarah Knausenberger
Illustration und Covergestaltung: Kerstin Marie Backes
Illustrationstechnik: Bleistiftzeichnung und Kohle,
sowie digitale Koloration und Collagekunst
Buchgestaltung und
Herstellung: Viktoria Napp
Lektorat: Nele Sell
Druck & Bindung: Grafische Betriebe Beltz, Bad Langensalza
Papier Inhalt: 150 g/m² Vivus 100
Papier Bezug: Peydur lissé
Schrift: Inria Serif Regular, Montserrat Regular
Hergestellt in Deutschland

Erste Auflage 2025
ISBN 978-3-948743-51-2

www.kunstanstifter.de

Unternehmen mit finanziellem
Klimabeitrag
ClimatePartner.com/15985-2104-1001

FSC
www.fsc.org
MIX
Papier | Fördert gute Waldnutzung
FSC® C089473